HERMES.

R. LVLLI⁹

GEBER.

ROG. BAC.

MORIEN⁹

PARACELS⁹

HYDROLITHVS SOPHICVS

SEV

AQVARIVM

SAPIENTVM,

Hoc est:

OPVSCVLVM CHYMI-
CVM, IN QVO VIA MON-
stratur, Materia nominatur, & Pro-
cessus describitur, quomodo videlicet
ad universalem Tincturam [illegible]
[illegible]
dum visum.

Publici emolumenti & utilitatis
universalis caussa typis publicis
subiectum.

ANNO M.DC.XXV.

REPRODUCTION EXACTE (AVEC LES TACHES ET LES DEMI-TEINTES)

DU FRONTISPICE D'UN VIEUX LIVRE D'ALCHIMIE

(Procédé de la Maison Poirel, *38, rue de la Tour-d'Auvergne, à Paris)*

L'Initiation

Revue philosophique indépendante des Hautes études

Hypnotisme, Théosophie
Franc-Maçonnerie, Sciences Occultes

Directeur : PAPUS

Rédacteur en chef :	Secrétaires de la rédaction :
George MONTIÈRE	C. BARLET, J. LEJAY

Rédaction :
14, rue de Strasbourg, PARIS

Administration, Abonnements et Vente au Numéro :
M. Georges CARRÉ, éditeur
58, rue Saint-André-des-Arts, 58, PARIS

L'INITIATION paraît tous les mois

Le Numéro de 96 pages : Un franc

ABONNEMENTS			
58, rue Saint-André-des-Arts	France,	un an.	10 fr.
	Étranger,	— .	12 fr.

Un numéro spécimen sera envoyé à toute personne qui en fera la demande

---

L'INITIATION est en vente chez les principaux libraires de Paris et de Province.

PRINCIPAUX RÉDACTEURS ET COLLABORATEURS DE *l'Initiation*

1°

PARTIE PHILOSOPHIQUE ET SCIENTIFIQUE

A. — *Théorie.*

Philosophie	CH. BARLET (auteur de l'*Initiation*). STANISLAS DE GUAITA (auteur de *Au Seuil du Mystère*). JOSÉPHIN PÉLADAN (auteur de *la Décadence Latine*). RENÉ CAILLÉ (ancien directeur de la *Revue des Hautes Études*). EUGÈNE NUS (auteur de *les Grands Mystères*). GEORGE MONTIÈRE (rédacteur en chef de l'*Initiation*). ALEPH (de la *Revue du Mouvement social*).
Théosophie	BARLET (membre de la *Société Théosophique*).
Franc-Maçonnerie	Le F.·. BERTRAND VÉN.·. PAPUS (auteur du *Traité élémentaire de Science Occulte*).
Hypnotisme	Dr FOVEAU DE COURMELLES (licencié ès-sciences physiques, licencié ès-sciences naturelles).
Sociologie (dans ses rapports avec la Science Occulte)	J. LEJAY (licencié en droit). ROUXEL (du *Journal des Économistes*) HENRI LASVIGNES (ex-secrétaire de la rédaction du *Constitutionnel*).
Musique philosophique .	HENRI WELSCH (critique musical de la *Cravache*).
Druidisme	LIZERAY (auteur du *Druidisme restauré*).

B. — *Pratique*

Étude pratique de l'Homme (Physiognomonie Psychologique)	POLTI et GARY.
Physiologie appliquée. Les excitants nerveux. Le végétarisme	JULES GIRAUD (auteur du *Dr Selectin* Dr GOYARD (ancien président de la *Société Végétarienne*).
Magnétisme	Le Magnétiseur A. ROBERT. Le Magnétiseur RAYMOND.
Spiritualisme	G. DELANNE. FABRE DES ESSARTS.
Astronomie (dans ses rapports avec l'astrologie).	ELY STAR (auteur des *Mystères de l'Horoscope*).

2°

PARTIE LITTÉRAIRE

Nouvelles diverses sur la Science Occulte . .	VILLIERS DE L'ISLE ADAM. CATULLE MENDÈS. E. GOUDEAU. JULES LERMINA (publie *A Brûler* dans la Reuve). A. MATTHEY. EMILE MICHELET. GEORGE MONTIÈRE. MAURICE BEAUBOURG.
Poésies de.	ROBERT DE LA VILLEHERVÉ. RODOLPHE DARZENS. PAUL MARROT. ED. BAZIRE. CHARLES DUBOURG. MARNÈS. A. MORIN. P. GIRALDON.

3°

RÉIMPRESSIONS ET TRADUCTIONS

Articles des Revues Théosophiques étrangères. — Livres rares et manuscrits des grandes bibliothèques.	LA DIRECTION DE LA REVUE.

4°

NOUVELLES DIVERSES. — BULLETIN. — POLÉMIQUES

Bulletin Franc-Maçonnique. . . . . Bulletin Théosophique.	PAPUS.
Bulletin Magnétique. .	FOVEAU.
Bulletin Spiritualiste . .	FABRE DES ESSARTS.
Comptes rendus des Livres	FABIUS DE CHAMPVILLE.
Revues et Journaux. . .	BARLET, PAPUS, G. MONTIÈRE.

4970. — TOURS, IMP. E. ARRAULT ET CIE

PAPUS

LA

Pierre Philosophale

PREUVES IRRÉFUTABLES DE SON EXISTENCE

AVEC UNE PLANCHE HORS TEXTE

Prix : UN Franc

PARIS
GEORGES CARRÉ, LIBRAIRE-ÉDITEUR
58, rue Saint-André-des-Arts, 58

1889

TABLE

LA

PIERRE PHILOSOPHALE

I

AVANT-PROPOS

Il faut une certaine audace pour traiter un pareil sujet à la fin du XIXe siècle.

Nous sommes cependant convaincus d'avance que le lecteur nous pardonnera eu égard à notre sincérité.

En effet, nous venons offrir au public non pas les conclusions d'un mystique enthousiasme non plus que les critiques partiales d'un esprit prévenu, mais bien le résultat d'un travail positif digne d'être pris en considération par tous les gens sérieux.

Nous allons d'abord voir ce qu'il faut entendre par le mot de Pierre Philosophale et pour cela nous aurons à résumer l'opinion des alchimistes les plus instruits. Quand nous saurons la signification scientifique de cette expression, il nous faudra voir si elle est, oui ou non, en contradiction avec les données de la chimie contemporaine. Éclairés sur ces deux points, nous aborderons l'Histoire, cherchant avec la plus grande impartialité si la Pierre Philosophale a donné de son existence des preuves sérieuses et irréfutables, capables d'être facilement contrôlées par le lecteur. Ce sera là le point capital de notre travail, la raison d'être de toute notre étude.

C'est alors que nous pourrons dire quelques mots de la grande famille alchimique, des doctrines de ses membres et des débris de leur science subsistant encore dans l'architecture de nos vieux monuments et les rites de certains hauts grades de la Franc-Maçonnerie. Enfin une petite liste des livres les plus utiles au débutant terminera nos recherches.

Tel est le plan de notre travail ; nous espérons qu'il ne fera pas trop regretter au lecteur les quelques minutes que lui prendra sa lecture et nous prions d'excuser d'avance les imperfections qui pourraient s'y trouver uniquement imputables à l'auteur de l'étude et non aux doctrines et aux maîtres étudiés.

II

QU'ENTEND-ON PAR PIERRE PHILOSOPHALE ?

Cette question, si simple au premier aspect, est cependant assez difficile à résoudre. Ouvrons les dictionnaires sérieux, parcourons les graves compilations des rares savants qui ont daigné traiter ce sujet. La conclusion est assez facile à poser : Pierre Philosophale, transmutation des métaux, égale *Ignorance*, *Fourberie*, *Folie*.

Si pourtant nous réfléchissons qu'en somme, pour parler *draps*, mieux vaut aller au drapier qu'au docteur ès-lettres, l'idée nous viendra peut-être de voir ce que pensent les alchimistes de la question.

Or, au milieu des obscurités voulues et des symboles nombreux qui remplissent leurs traités, il est un point sur lequel ils sont tous d'accord, c'est la définition et les qualités de la Pierre Philosophale.

La Pierre Philosophale parfaite est une poudre rouge qui a la propriété de transformer toutes les impuretés de la nature.

On croit généralement qu'elle ne peut servir, d'après les alchimistes, qu'à changer du plomb ou du mercure en or. C'est une erreur. La théorie alchimique dérive de sources bien trop spéculatives pour localiser ainsi ses effets. L'évolution étant une des grandes lois de la nature, ainsi que l'enseignait il y a plusieurs siècles l'hermétisme, la Pierre Philosophale fait *évoluer* rapidement ce que les formes naturelles mettent de longues années à produire, voilà pourquoi elle agit, disent les adeptes, sur les règnes végétal et animal aussi bien que sur le règne minéral et peut s'appeler *médecine des trois règnes*.

Physiquement ce serait une poudre rouge assez semblable comme consistance au chlorure d'or et de l'odeur du sel marin calciné. Tout à l'heure, du reste, nous aurons l'occasion de revenir sur ce sujet. Comme c'est à la transformation des métaux *vils*, plomb et mercure, en or que doit le plus souvent servir cette Pierre, voyons en quoi consiste cette opération.

Chimiquement c'est une simple augmentation de densité si l'on admet l'unité de la matière, idée fort en honneur parmi les philosophes chimistes contemporains. En effet, le problème à résoudre consiste à transformer un corps de la densité de 13,6 comme le mercure, en un corps de la densité de 19,5 comme l'or. Cette hypothèse de la *transmutation* est-elle en désaccord avec les plus récentes données de la chimie ?

C'est ce que nous allons voir.

III

LA CHIMIE ACTUELLE PERMET-ELLE DE NIER L'EXISTENCE DE LA PIERRE PHILOSOPHALE ?

Deux chimistes contemporains ont poussé leurs investigations dans l'obscur domaine de l'alchimie; ce sont MM. Figuier, vers 1853, qui publiait l'*Alchimie et les Alchimistes*, livre dont nous aurons tout à l'heure l'occasion de parler, et M. le professeur M. Berthelot, membre de l'Institut, qui fit paraître, en 1885, les *Origines de l'Alchimie*.

Ces deux savants officiels, le dernier surtout, fait autorité en la matière et leur opinion mérite d'être écoutée par toutes les personnes sérieuses.

Tous deux ils considèrent l'alchimie et son but comme de beaux rêves dignes des temps passés; tous deux ils nient formellement l'existence de la pierre philosophale (quoique Figuier prouve à son insu cette existence). Et cependant ils déclarent que *scientifiquement* la chose ne peut pas être niée *a priori*. Ainsi Figuier dit :

« Dans l'état présent de nos connaissances, on ne peut prouver d'une manière absolument rigoureuse que la transmutation des métaux soit impossible ; quelques circonstances s'opposent à ce que l'opinion alchimique soit rejetée comme une absurdité en contradiction avec les faits. »

(*L'Alchimie et les Alchimistes*, p. 353.)

M. Berthelot, dans plusieurs passages de son livre, montre que loin d'être opposée à la chimie contemporaine, la théorie alchimique tend au contraire à remplacer aujourd'hui les données primitives de la philosophie chimique. Voici quelques extraits à l'appui :

« A travers les explications mystiques et les symboles dont s'enveloppent les alchimistes, nous pouvons entrevoir les théories essentielles de leur philosophie ; lesquelles se réduisent en somme à un petit nombre d'idées claires, plausibles, et dont certaines offrent une analogie étrange avec les conceptions de notre temps. »

(Berthelot, *les Origines de l'Alchimie*, p. 280.)

« Pourquoi ne pourrions-nous par former le soufre avec l'oxygène, former le sélénium et le tellure avec le soufre, par des procédés de condensation convenables? Pourquoi le tellure, le sélénium ne pourraient-ils pas être changés inversement en soufre, et celui-ci à son tour métamorphosé en oxygène?

« Rien en effet ne s'y oppose *a priori.* »

(*Ibid.*. p. 297.)

« Assurément, je le répète, nul ne peut affirmer

que la fabrication des corps réputés simples soit impossible *a priori*. »

(*Ibid.*, p. 321.)

Tout cela montre assez que la Pierre Philosophale n'est pas fatalement impossible, même de l'avis des savants contemporains. C'est maintenant qu'il nous faut chercher si nous avons des preuves positives de son existence.

IV

PREUVES DE L'EXISTENCE DE LA PIERRE PHILOSOPHALE. — DISCUSSION DE LEUR VALIDITÉ

Nous affirmons que la Pierre Philosophale a donné de son existence des preuves irréfutables et nous allons exposer les faits sur lesquels se basent nos convictions.

Nous avons dit *les faits* ; car on ne peut considérer comme absolument sérieuses les démonstrations tirées des raisonnements plus ou moins solides. C'est dans le domaine de l'histoire que les affirmations sont toujours faciles à contrôler à toute époque et par là même vraiment irréfutables. Nous allons donc exposer les arguments invoqués par les adversaires de l'alchimie contre la transmutation, et ce sont des *faits* qui, seuls, pourront victorieusement réfuter chacune de ces objections.

C'est Geoffroy l'aîné qui s'est chargé en 1722 de faire le procès des alchimistes devant l'Académie. Si l'on en croit son mémoire, les nombreuses histoires de transmutation sur lesquelles les adeptes basent leur foi, sont facilement explicables par la supercherie. Des philosophes incontestés tels que Paracelse ou Raymond Lulle laissaient là pour un moment les spéculations abstraites pour faire quelques tours adroits d'escamotage devant de bons naïfs ébahis. Cependant analysons les moyens de tromper dont ils disposaient, et cherchons à déterminer des conditions expérimentales mettant à néant ces arguments.

Les alchimistes se servent pour tromper les assistants de :

1° *Creusets à double fond ;*

2° *Charbons ou baguettes creux et remplis de poudre d'or ;*

3° *Réactions chimiques inconnues alors et parfaitement connues aujourd'hui.*

Pour qu'une de ces conditions se réalise il faut nécessairement que l'alchimiste soit présent à l'opération ou ait touché auparavant aux instruments employés.

Donc, dans la détermination expérimentale d'une transmutation, l'absence de l'alchimiste sera la première et la plus indispensable des conditions.

Il faudra de plus qu'il n'ait eu en main aucun des objets qui serviront à cette transmutation.

Enfin pour répondre au dernier argument, il est indispensable que les données de la chimie contemporaine soient impuissantes à expliquer normalement le résultat obtenu.

Pour que notre travail trouve encore une base d'évidence plus solide, il faut mettre le lecteur à même de contrôler facilement toutes nos affirmations; c'est pourquoi nous tirerons nos arguments *d'un seul ouvrage*, facile à trouver : *l'Alchimie et les Alchimistes*, de Louis Figuier.

Rappelons, avant de passer outre, les plus essentielles conditions :

1° *Absence de l'Alchimiste ;*

2° *Qu'il n'ait touché à rien de ce qui sert à l'opérateur ;*

3° *Que le fait soit inexplicable par la chimie contemporaine.*

Et on peut ajouter encore :

4° *Que l'opérateur ne puisse pas être soupçonné de complicité.*

* * *

Ouvrons le livre de M. Figuier, édition de 1854, chapitre III, page 206. Là, nous trouvons, non pas un, mais *trois* faits répondant à *toutes nos conditions* et que nous allons discuter un à un.

Non seulement l'opérateur n'est pas alchimiste ; mais c'est un savant considéré, un ennemi déclaré de l'alchimie, ce qui répond encore avec plus de force à notre quatrième condition. Parlons d'abord d'Helvétius et de sa transmutation ; nous citons textuellement Figuier :

« Jean-Fréderic Schweitzer, connu sous le nom latin d'Helvétius, était un des adversaires les plus décidés de l'alchimie; il s'était même rendu célèbre par un écrit contre la poudre sympathique du chevalier Digby.

Le 27 décembre 1666 il reçut à la Haye la visite d'un étranger vêtu, dit-il, comme un bourgeois du nord de la Hollande et qui refusait obstinément de faire connaître son nom. Cet étranger annonça à Helvétius que sur le bruit de sa dispute avec le chevalier Digby, il était accouru pour lui porter les preuves matérielles de l'existence de la Pierre Philosophale. Dans une longue conversation, l'adepte défendit les principes hermétiques, et pour lever les doutes de son adversaire, il lui montra dans une petite boîte d'ivoire, la Pierre Philosophale. C'était une poudre d'une métaline couleur de soufre. En vain Helvétius conjura-t-il l'inconnu de lui démontrer par le feu les vertus de sa poudre, l'alchimiste résista à toutes les instances et se retira en promettant de revenir dans trois semaines.

« Tout en causant avec cet homme et en examinant la Pierre Philosophale, Helvétius avait eu l'adresse d'en détacher quelques parcelles et de les tenir cachées sous son ongle. A peine fut-il seul qu'il s'empressa d'en essayer les vertus. Il mit du plomb en fusion dans un creuset et fit la projection. Mais tout se dissipa en fumée; il ne resta dans le creuset qu'un peu de plomb et de terre vitrifiée.

« Jugeant dès lors cet homme comme un imposteur, Helvétius avait à peu près oublié l'aventure lorsque, trois semaines après et au jour marqué, l'étranger reparut. Il refusa encore de faire lui-même l'opération; mais cédant aux prières du médecin il lui fit cadeau d'un peu de sa pierre, à peu près la grosseur d'un grain de millet. Et comme Helvétius exprimait la crainte qu'une si petite quantité de substance ne pût avoir la moindre propriété, l'alchimiste, trouvant encore le cadeau trop magnifique, en enleva la moitié disant que le reste était suffisant pour transmuer une once et demie de plomb. En même temps il eut soin de faire connaître avec détails les précautions nécessaires à la réussite de l'œuvre, et recommanda surtout au moment de la projection d'envelopper la Pierre Philosophale d'un peu de cire afin de la garantir des fumées du plomb. Helvétius comprit en ce moment pourquoi la transmutation qu'il avait essayée avait échoué entre ses mains; il n'avait pas enveloppé la pierre dans de la cire et négligé par conséquent une précaution indispensable.

« L'étranger promettait d'ailleurs de revenir le lendemain pour assister à l'expérience.

« Le lendemain Helvétius attendit inutilement, la journée s'écoula tout entière sans que l'on vît paraître personne. Le soir venu, la femme du médecin ne pouvant plus contenir son impatience, décida son mari à tenter seul l'opération. L'essai fut exécuté par Helvétius en présence de sa femme et de son fils.

« Il fondit une once et demie de plomb, projeta sur le métal en fusion la Pierre enveloppée de cire, couvrit le creuset de son couvercle et le laissa exposé un quart d'heure à l'action du feu. Au bout de ce temps le métal avait acquis la belle couleur verte de l'or en fusion; coulé et refroidi, il devint d'un jaune magnifique.

« Tous les orfèvres de la Haye estimèrent très haut le degré de cet or. Povelius, essayeur général des monnaies de la Hollande, le traita sept fois par l'antimoine sans qu'il diminuât de poids. »

Telle est la narration qu'Helvétius a faite lui-même de cette aventure. Les termes et les détails minutieux de son récit excluent de sa part tout soupçon d'imposture. Il fut tellement émerveillé de ce succès que c'est à cette occasion qu'il écrivit son *Vitulus aureus* dans lequel il raconte ce fait et défend l'alchimie.

***

Ce fait répond à toutes les conditions requises. Cependant M. Figuier, sentant combien il était difficile à expliquer, ajouta quelques explications dans une édition postérieure (1860).

Voulant trouver partout *a priori* de la fraude, voici son argument principal :

L'alchimiste a soudoyé un complice qui est venu mettre dans un des creusets d'Helvétius un composé d'or facilement décomposable par la chaleur. Est-il nécessaire de montrer la naïveté de cette objection ?

1° Comment choisir juste le creuset que prendra Helvétius ?

2° Comment croire que celui-ci soit assez sot pour ne pas reconnaître un creuset vide d'un plein ou un alliage d'un métal ?

3° Pourquoi ne pas se donner la peine de relire le récit des faits ; M. Figuier aurait vu deux points importants :

D'abord la phrase suivante : *il prit une once et demie de plomb.* Ce qui indique qu'il l'a pesé, qu'il l'a manié, ce qui l'aurait mis à même de vérifier facilement si c'était vraiment du plomb.

4° Ensuite ce petit détail : *il couvrit le creuset de*

son couvercle, ce qui empêche toute évaporation ultérieure.

5° Supposé même que vraiment Helvétius ait été trompé; que lui, savant expérimenté, ait pris de l'or pour du plomb, la preuve de la transmutation n'en ressort pas moins évidente, car les critiques oublient toujours le fait suivant :

S'il existe un alliage cachant l'or en lui, le lingot, après évaporation ou oxydation du métal impur, pèsera *beaucoup moins* que le métal initialement employé.

Si, au contraire, il y a adjonction par un procédé quelconque d'or, le lingot pèsera *beaucoup plus* que le métal initialement employé.

Or la transmutation de Bérigard de Pise, qu'on trouvera ci-après, prouve irréfutablement l'inanité de ces arguments.

Enfin pour détruire à tout jamais les affirmations de M. Figuier, il suffit de remarquer que les orfèvres de la Haye ainsi que l'essayeur des monnaies de la Hollande constatent la pureté absolue de l'or, ce qui serait impossible s'il y avait eu un alliage quelconque. Ainsi tombe d'elle-même l'explication que le critique donne de ce fait.

« Nous ne pouvons guère expliquer aujourd'hui ces faits qu'en admettant que le mercure dont on faisait usage ou le creuset que l'on employait recelait une certaine quantité d'or dissimulée avec une habileté merveilleuse. »

(Louis Figuier, *ibid.*, p. 210.)

Nous avons dit *qu'un seul fait* bien prouvé suffisait

pour démontrer l'existence de la Pierre Philosophale, et cependant il en existe trois dans les mêmes conditions. Voyons les deux autres :

Voici le récit de Bérigard de Pise, cité de même par Figuier, p. 211 :

« Je rapporterai, nous dit Bérigard de Pise, ce qui m'est arrivé autrefois lorsque je doutais fortement qu'il fût possible de convertir le mercure en or. Un homme habile, voulant lever mon doute à cet égard, me donna un gros d'une poudre dont la couleur était assez semblable à celle du pavot sauvage, et dont l'odeur rappelait celle du sel marin calciné. Pour détruire tout soupçon de fraude, j'achetai moi-même le creuset, le charbon et le mercure chez divers marchands afin de n'avoir point à craindre qu'il n'y eût de l'or dans aucune de ces matières, ce que font souvent les charlatans alchimiques. Sur dix gros de mercure j'ajoutai un peu de poudre; j'exposai le tout à un feu assez fort, et en peu de temps la masse se trouva toute convertie en près de dix gros d'or, qui fut reconnu comme très pur par les essais de divers orfèvres. Si ce fait ne me fût point arrivé sans témoins, hors de la présence d'arbitres étrangers, j'aurais pu soupçonner quelque fraude; mais je puis assurer avec confiance que la chose s'est passée comme je la raconte. »

Ici c'est encore un savant qui opère; mais il connaît les ruses des charlatans et emploie toutes les précautions imaginables pour les éviter.

Enfin citons encore la transmutation de Van Helmont pour édifier en tous points le lecteur impartial:

En 1618, dans son laboratoire de Vilvorde, près de Bruxelles, Van Helmont reçut d'une main inconnue un quart de grain de Pierre Philosophale. Elle venait d'un adepte, qui, parvenu à la découverte du secret, désirait convaincre de sa réalité le savant illustre dont les travaux honoraient son époque.

Van Helmont exécuta lui-même l'expérience seul dans son laboratoire. Avec le quart de grain de poudre qu'il avait reçu de l'inconnu il transforma en or huit onces de mercure. Il faut convenir qu'un tel fait était un argument presque sans réplique à invoquer en faveur de l'existence de la Pierre Philosophale. Van Helmont, le chimiste le plus habile de son temps, était difficile à tromper ; il était lui-même incapable d'imposture, et il n'avait aucun intérêt à mentir puisqu'il ne tira jamais le moindre parti de cette observation.

Enfin, l'expérience ayant eu lieu hors de la présence de l'alchimiste, il est difficile de comprendre comment la fraude eût pu s'y glisser, Van Helmont fut si bien édifié à ce sujet qu'il devint partisan avoué de l'alchimie. Il donna en l'honneur de cette aventure le nom de Mercurius à son fils nouveau-né. Ce Mercurius Van Helmont ne démentit pas d'ailleurs son baptême alchimique. Il convertit Leibnitz à cette opinion ; pendant toute sa vie il chercha la Pierre Philosophale et mourut sans l'avoir trouvée, il est vrai, mais en fervent apôtre.

Reprenons maintenant ces trois récits et nous constaterons qu'ils répondent aux conditions scientifiques posées. En effet :

Le mercure ou le plomb contenaient-ils de l'or ? Je ne le pense pas, attendu :

1° Qu'Helvétius qui ne croyait pas à l'alchimie non plus que Van Helmont et Bérigard de Pise, qui étaient dans le même cas, n'allaient pas s'amuser à en mettre ;

2° Que dans aucun cas l'alchimiste n'avait touché aux objets employés ;

3° Enfin que dans la transmutation de Bérigard de Pise, si le mercure avait contenu de l'or et que celui-ci fût resté seul après la volatilisation du premier, le lingot obtenu aurait pesé beaucoup moins que le mercure employé, ce qui n'est pas.

Après ces arguments on pourrait croire que la liste est close ; pas le moins du monde, il en reste encore un, peu honnête, il est vrai, mais d'autant plus dangereux :

Tous ces récits, tirés de livres imprimés, ne sont pas l'œuvre des auteurs signataires, mais bien d'habiles alchimistes imposteurs.

Voilà certes une terrible objection qui semble détruire tout notre travail ; mais la vérité peut encore apparaître victorieusement.

En effet, il existe une lettre d'une tierce personne aussi éminente que les autres, le philosophe Spinosa, adressée à Jarrig Jellis. Cette lettre prouve irréfutablement la réalité de l'expérience d'Helvétius. Voici le passage important :

« Ayant parlé à Voss de l'affaire d'Helvétius, il se moqua de moi, s'étonnant de me voir occupé à de telles bagatelles. Pour en avoir le cœur net, je me rendis chez le monnayeur Brechtel, qui avait essayé l'or. Celui-ci m'assura que, pendant sa fusion, l'or avait encore augmenté de poids quand on y avait jeté de l'argent. Il fallait donc que cet or, qui a changé l'argent en de nouvel or, fût d'une nature bien particulière. Non-seulement Brechtel, mais encore d'autres personnes qui avaient assisté à l'essai, m'assurèrent que la chose s'était passée ainsi. Je me rendis ensuite chez Helvétius luimême qui me montra l'or et le creuset contenant encore un peu d'or attaché à ses parois. Il me dit qu'il avait jeté à peine sur le plomb fondu le quart d'un grain de blé de Pierre Philosophale. Il ajouta qu'il ferait connaître cette histoire à tout le monde. Il paraît que cet adepte avait déjà fait la même expérience à Amsterdam où on pourrait encore le trouver. Voilà toutes les informations que j'ai pu prendre à ce sujet.

« Boorbourg, 27 mars 1667.

« Spinosa. »

(*Opera posthuma*, p. 553.)

Tels sont les faits qui nous ont conduits à cette conviction : La Pierre Philosophale a donné de son existence des preuves irréfutables, a moins de nier a jamais le témoignage des textes, de l'histoire et des hommes.

V

L'ALCHIMISTE

Nous avons beaucoup parlé de la Pierre Philosophale; disons maintenant quelques mots de son heureux possesseur : l'Alchimiste.

On se figure généralement cet homme vivant dans une recherche perpétuelle de l'impossible au milieu des fourneaux ardents, des crocodiles empaillés, des hiboux sinistres et des chats ensorcelés. Il suffit cependant d'ouvrir leurs livres, de voir la façon dont eux-mêmes représentent leurs fourneaux et leurs laboratoires pour constater que c'est là une profonde erreur accréditée par les préjugés de la foule (1).

Le véritable alchimiste est un philosophe assez instruit pour traverser sans s'émouvoir les époques les plus troublées et les plus difficiles (2). Il est le dépositaire sacré de toute cette science merveilleuse enseignée jadis dans les sanctuaires vénérés de l'Inde et de l'Égypte (3). Il faut qu'il sache assez la voiler pour échapper au regard jaloux du despote clérical qui flaire en lui l'ennemi et qui le surveille étroitement. C'est quand l'Inquisition persécute impitoyablement toute trace de savoir, que le philosophe hermétique voile davantage ses écrits sous les symboles et les mystérieuses figures, pas assez cependant pour que le chercheur consciencieux ne puisse facilement

(1) Voyez la planche en tête de notre étude.

(2) Louis Lucas, *le Roman Alchimique*.

(3) Papus, *Traité élémentaire de Science occulte*.

comprendre. Voilà l'origine des obscurités voulues qu'on rencontre dans les ouvrages des adeptes.

Quel usage font-ils des richesses immenses que peut leur procurer la connaissance du merveilleux secret ?

Une des règles élémentaires de la science dite occulte, enseigne que, pour être maître de quelque chose, il faut savoir la considérer avec la plus grande indifférence.

Celui qui désire la Pierre Philosophale pour les richesses qu'elle procure et pour son bien matériel, a des chances considérables pour ne jamais la posséder.

Aussi la tradition ésotérique nous représente-t-elle l'alchimiste simplement vêtu et toujours en voyage, faisant l'aumône aux mendiants et aux rois et par là se montrant supérieur à ces derniers (1).

Si nous en croyons les récits des contemporains, l'alchimiste Nicolas Flamel, possesseur de richesses immenses, les employait uniquement en fondations pieuses ou charitables et mangeait, ainsi que sa femme, des légumes bouillis, dans de la grossière vaisselle de terre.

Nous trouverons ces idées mises en pratique jusqu'en plein XIXe siècle où l'alchimiste Cyliani (1832) ayant, raconte-t-il, découvert la pierre philosophale au bout de quarante ans de travaux, vécut en petit rentier bien modeste après avoir eu la tentation d'offrir le précieux secret au roi Louis XVIII ; sa femme l'en détourna (2).

---

(1) Eliphas Levi, *Histoire de la Magie*.

(2) Cyliani, *Hermès dévoilé*, 1832.

Du reste, il suffit de parcourir l'ouvrage de Figuier pour avoir de nombreux détails sur ce sujet.

La doctrine enseignée par les alchimistes est en grande partie philosophique. L'expérience ne doit que servir de contrôle aux théories spéculatives énoncées dans les livres les plus vénérés. C'est pourquoi les adeptes nomment l'ensemble de leurs connaissances : Philosophie hermétique.

La Philosophie hermétique professe l'unité de substance à la base de toutes ses démonstrations. Il existe un *principe universel* répandu dans tous les corps quelle que soit leur composition d'autre part. C'est la connaissance de ce *principe universel* et sa mise en action qui constituent le secret du grand œuvre et qui rend différentes *ab initio* les expériences alchimiques des travaux des chimistes ordinaires, que les philosophes hermétiques considèrent comme des garçons de laboratoire.

Cette force occulte a reçu une foule de noms dans les ouvrages alchimiques : c'est le *Telesme* d'Hermès (1), l'*Aour* des Kabbalistes (2), le *Rouah Elohim* de Moïse (3), le *Mercure universel* des alchimistes (4), la *Lumière astrale* de la Science Occulte (5), le *Mouvement* de Louis Lucas (6), etc., etc.

Du reste cette théorie, à laquelle sont amenés les

---

(1) *La Table d'Emeraude.*

(2) Voy. Eliphas Levi, *la Clef des grands mystères.*

(3) Fabre d'Olivet, *la Langue hébraïque restituée.*

(4) Crosset de la Haumerie, *les Secrets les plus cachés* (6e traité).

(5) E. Levi, *Dogme et Rituel de Haute Magie.*

(6) Louis Lucas, *Chimie Nouvelle.*

philosophes contemporains, vient d'être remise au jour dans toute sa beauté par les travaux de la *Société Théosophique* sous l'inspiration des adeptes Indous (1).

On trouvera aussi des détails sur ce sujet intéressant dans une très belle étude de M. de Rochas intitulée *les Doctrines chimiques au* XVIIe *siècle* et parue dans le *Cosmos* en 1888.

Existe-t-il à notre époque quelque trace de cette philosophie hermétique et de ses enseignements ? Cherchons-le.

VI

VESTIGE DE L'ALCHIMIE A NOTRE ÉPOQUE

Les alchimistes travaillaient en général seuls jusqu'au XVIe siècle. Dès cette époque, l'initiation fut donnée par des sociétés secrètes plus ou moins puissantes. Ce sont elles qui ont laissé des traces assez durables pour que nous puissions les retrouver à notre époque.

Sans vouloir parler des *Templiers*, prématurément détruits, la plus importante et le plus connue des sociétés hermétiques est sans contredit la mystérieuse *Fraternité des Rose-Croix*. C'est sous leur impulsion que fut fondée par Asmhole la franc-maçonnerie anglaise d'où sont dérivées toutes les initiations modernes (2).

---

(1) Voy. H. P. Blavatsky, *Isis Unveiled* et *The secret doctrine*.

(2) Ragon, *Orthodoxie maçonnique*.

La *Franc-maçonnerie* nous présente encore aujourd'hui les tradition vivantes de l'Hermétisme dans plusieurs de ses hauts grades et c'est à ce point de vue que le F.·. Ragon l'a particulièrement étudiée dans sa *Maçonnerie occulte.*

Ainsi la parole perdue et retrouvée du 18e degré de l'Ecossisme INRI s'explique ésotériquement par un aphorisme alchimique :

Igne Natura Renovatur Integra (1).

La nature se renouvelle dans son intégrité par le feu.

Ce *feu* n'est pas le feu vulgaire ; c'est la *force universelle* dont nous avons parlé tout à l'heure, représentée aussi par le G du centre de l'Etoile flamboyante (2).

Le 22e grade (Royal Hache) et le 28e (Prince Adepte) sont aussi remplis de traditions réelles de la science hermétique (3).

Outres ces traditions, conservées à l'insu de ceux qui les possèdent, plusieurs monuments de Paris sont encore des preuves positives des enseignements de la philosophie hermétique.

Citons en première ligne à ce point de vue la *Tour Saint-Jacques*, puis les *Vitraux de la Sainte-Chapelle ;* enfin le *Portail de Notre-Dame de Paris* (4).

---

(1) V. Papus, *Francs Maçons et Théosophes.*

(2) V. Ragon, *la Messe et ses Mystères.*

(3) Albert Pite, *Moralis and Dogma of Freemasonry*, Charleston, 1881, p. 340 et suiv.

(4) V. le dessin et l'explication de l'Hiéroglyphe alchimique du portail de Notre-Dame dans le *Traité élémentaire de Science Occulte* de Papus, planche VI.

Enfin le XIXe siècle a vu naître plusieurs alchimistes convaincus. Citons d'abord CYLIANI, auteur *d'Hermès dévoilé* (1832), dans lequel il affirme avoir découvert la Pierre Philosophale, et donne *en style alchimique* le moyen de la fabriquer. Il est curieux de voir ce style symbolique employé même de nos jours.

Après lui, nous devons citer THÉODORE TIFFEREAU, ancien préparateur de chimie à l'Ecole de Nantes, auteur d'un mémoire adressé à l'Académie, intitulé : *Les Métaux ne sont pas des corps simples* (1853, in-8).

Puis vient le moins sérieux de tous, CAMBRIEL. auteur d'un mauvais traité portant le titre de *l'Alchimie en 19 leçons*.

Tels sont les représentants de l'alchimie à notre époque. En existe-t-il d'autres en Occident, existe-t-il des sociétés d'hermétisme? c'est ce que nous ne pouvons pas dire.

Notre monographie ne serait pas complète si nous terminions sans indiquer tout au moins les livres les plus utiles à ceux qui voudraient pousser plus loin ces curieuses études. C'est ce que nous allons tenter de faire.

VII

COMMENT ON PEUT ÉTUDIER L'ALCHIMIE

Le premier livre que nous conseillons de lire en entier, c'est celui de LOUIS FIGUIER intitulé *l'Alchimie et les Alchimistes*. Quoique l'auteur se pose en adversaire décidé de la Philosophie hermétique, son livre est très bien fait en somme et, sauf quelques erreurs de détails, mérite la peine d'être pris en sérieuse considération. La partie historique est surtout remarquable et sa lecture conduit fatalement à démontrer avec évidence l'existence de la Pierre Philosophale. C'est donc surtout pour la partie historique que l'ouvrage de Louis Figuier doit être étudié.

Pour la partie théorique et le symbolisme alchimiques on trouvera d'assez longs détails dans le *Traité élémentaire de Science occulte* (1), (p. 90 à 106) à l'article *Alchimie*.

C'est alors qu'on pourra lire l'œuvre d'un véritable alchimiste et prendre connaissance de ce style bizarre et figuré. Nous conseillons vivement de prendre à ce point de vue l'ouvrage de *Cyliani* cité dans le chapitre précédent. On verra que même au XIXe siècle la langue symbolique est encore en usage malgré la chimie contemporaine ; on pourra aussi se rendre compte, pas le récit des quarante années de souffrances et de recherches de l'alchimiste, de la difficulté de l'œuvre entreprise.

On trouvera ce volume, devenu très rare, à la Bibliothèque Nationale (lettre R).

Enfin l'instruction élémentaire sera tout à fait complète si l'on veut lire *l'Histoire de la Philosophie hermétique* de LANGLET DU FRESNOY et les auteurs reproduits dans les deux volumes de la *Bibliothèque des Philosophes chimiques* de SALMON (1753).

---

(1) 3e édition, chez Carré, 58, rue St-André-des-Arts (3 fr. 50).

Comme il existe plus de trois mille volumes sur l'Alchimie, nous croyons devoir nous borner à donner les plus importants. Ceux qui voudraient devenir des Alchimistes pratiquants, ce dont je les plains fort, devront prendre connaissance de tousles *maîtres* (1), surtout des œuvres de GEBER, RAYMOND LULLE, BASILE VALENTIN, PARACELSE et VAN HELMONT.

CONCLUSION

Parvenus au bout de notre travail nous espérons avoir atteint le but poursuivi : *Démontrer que la Pierre Philosophale n'est pas seulement possible ; mais qu'elle a existé et a donné de son existence des preuves irréfutables.*

Nous prions les gens sérieux, qui ne sont animés d'aucun parti pris ni d'aucune idée préconçue, de bien considérer nos assertions, de vérifier leur authenticité dans les livres orginaux, ce qui est facile à la Bibliothèque Nationale, et de voir si ce sont là *des preuves irréfutables* ou bien de simples conjectures dénuées de tout fondement stable. L'amour de la vérité nous a seul conduit à défendre les alchimistes, ces modestes philosophes trop peu connus et trop calomniés. Puissions-nous inciter quelque chercheur plus instruit que nous-même à développer et à étendre ce genre tout particulier d'études.

Du reste, nous assistons à une véritable renaissance

(1) Voir la planche représentant les principaux d'entre eux avec leurs attributs ésotériques d'après un vieux traité d'Alchimie.

de l'antiquité. Les phénomènes si curieux de la suggestion viennent détruire bien des conclusions anticipées et peut-être le xxe siècle verra-t-il se constituer enfin LA SYNTHÈSE par l'alliance de la *physique positiviste* de l'Occident avec *la métaphysique idéaliste* de l'Orient. Puisse ce jour être proche où toute les philosophies rentreront dans *l'Unité* d'une même SCIENCE, où tous les cultes rentreront dans *l'Unité* d'une même FOI, où *la Science* et *la Foi* donneront, par leur alliance, naissance à une seule et synthétique VÉRITÉ !

TOURS. — IMPRIMERIE E. ARRAULT ET CIE.

www.ingramcontent.com/pod-product-compliance
Ingram Content Group UK Ltd.
Pitfield, Milton Keynes, MK11 3LW, UK
UKHW020511180726
13839UKWH00005B/2025